AF279244

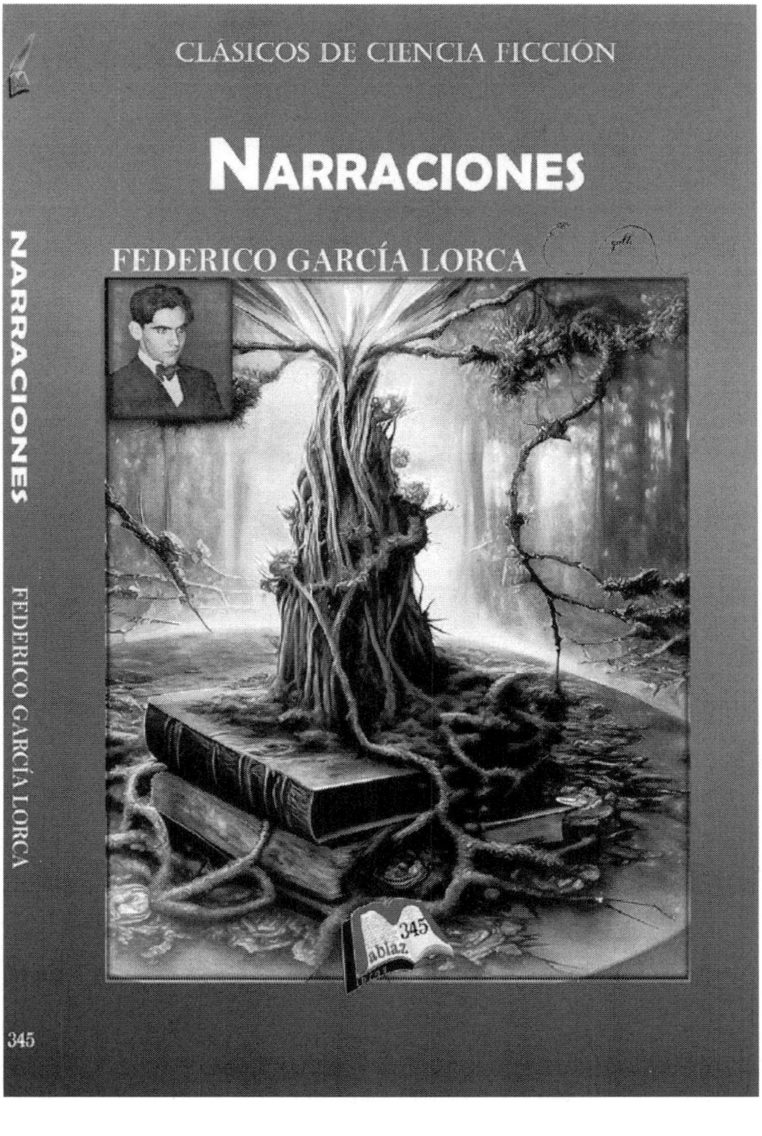

Narraciones

FEDERICO GARCÍA LORCA

Narraciones
Primera Edición, marzo de 2024

© Libros Mablaz - Rodrigo Muñoz Blázquez: Madrid, 2024
www.librosmablaz.com

© De esta edición, Editorial Libros Mablaz

Blogs:
Editorial Libros Mablaz
http://editoriallibrosmablazycienciaficcion.blogspot.com.es/
Ciencia ficción y fantasía en Libros Mablaz:
http://mablazlibros.blogspot.com.es/
Introducción a las obras de Libros Mablaz:
http://librosmablazextractos.blogspot.com.es/
Libros Mablaz en Facebook:
https://www.facebook.com/groups/530547690292189/
Tu Librería en Casa:
https://www.facebook.com/TuLibreriaEnCasa
Librería LibrosMablaz:
http://www.todocoleccion.net/neog%C3%A9nesis_vendedor
TC

Diseño de cubiertas: Mari Carmen López

ISBN: 978-84-128119-5-7
Depósito Legal: M-3439-2024

LIBROS MABLAZ - 345

Narraciones

Federico García Lorca

Historia de este gallo

(Homenaje a Guy de Maupassant)

EL año 1830 llegó a Granada, procedente de Inglaterra, donde había permanecido una larga temporada perfeccionando sus estudios, el granadino don Alhambro.

En Londres había sorprendido de lejos la belleza de su ciudad natal y llegaba deseoso de observarla hasta en sus más íntimos detalles.

Se instaló en un pequeño cuarto lleno de relojes de bolsillo y daba largos paseos, de los cuales volvía con el traje florecido de ese verde musgo melancólico que la Alhambra pone en los aires y en los tejados. Su *granadinismo* era tan agudo, que masticaba constantemente hojas de arrayán y veía de noche el gran fulgor histórico que Granada envía a todas las demás ciudades de la tierra. Se hizo, además, un excelente catador de agua. El mejor y más documentado catador de agua en este Jerez de las mil aguas.

Hablaba del agua que sabe a violetas, del agua que sabe a reina mora, de la que tiene gusto de mármol y del agua barroca de las colinas, que deja un recuerdo a clavos de metal y aguardiente.

Amaba con ternura deshecha de coleccionista todos los permanentes filtros mágicos de Granada, pero odiaba lo típico, lo pintoresco y todo lo que trascendía a marcha castiza o costumbrismo.

Poco a poco la gente se familiarizó con su figura... Los enemigos decían que estaba loco y que era aficionado a los gatos y a los mapas. Sus amigos, para defenderlo en esta rara sede de los avaros, afirmaban que don Alhambro tenía guardadas cuarenta onzas de oro dentro de un calcetín de seda.

Era hombre de corazón panorámico y prudencia económica.

Por su levita azul bogaba una etiqueta de cartulina que llevaba su nombre escrito en inglés.

Granada era en aquella época una gran ciudad legendaria. Ese poema realizado que odia secretamente todo poeta verdadero. Frescas guirnaldas de rosas y moreras ceñían sus muros. La catedral volvía su grupa redonda y avanzaba como un centauro entre los tejados llenos de sueños y verdes vidrios. A la medianoche, sobre las barandillas y los aleros, candiles y gatos en vilo protestaban de la perfección de los estanques.

En la Tienda de los Limones todos los dependientes se pintaban exquisitamente el rostro de amarillo para atender a la clientela. Pasaban cosas realmente extraordinarias: dos niños de mármol fueron rotos a martillazos por el alcalde mayor, porque pedían limosna con las manecitas llenas de rocío.

Era entonces Granada, como era siempre, la ciudad menos pictórica del mundo.

Don Alhambro la veía dormir desde

la Silla del Moro y se daba cuenta de que
la ciudad necesitaba salir del letargo en
que estaba sumergida. Se daba cuenta de
que un grito nuevo debía sonar sobre los
corazones y las calles.

Una noche de junio, preocupado con
esa idea, se durmió en el fondo rizado de
un interminable film de brisa que la ventana proyectaba sobre su cabeza. Su sueño
estaba lleno de yemas de coco y botellas
de un raro whisky marca Machaquito, de
arcos de herradura y de grandes páginas
escritas en inglés, en las cuales brillaba
con fulgor de oro la palabra Spain.

¿Qué hacer, Dios mío, para sacudir a Granada del sopor mágico en que vive? Granada debe tener movimiento, debe ser como una campanilla en manos del charlatán; es necesario que vibre y se reconstruya, pero ¿cómo?, ¿de qué manera?

En este momento los cuarenta Carlos Terceros de las onzas, en cuarenta planos diferentes, rodearon a don Alhambro con el ritmo y la locura de los espejos rotos. "Bee, bee, funda un periódico, balaban aristocráticamente los borregos magníficos del perfil de Carlos. Funda un periódico, bee, bee".

Nuestro amigo se despertó súbitamente lleno de frío y de alegría. Le quedaba entre los dientes el retintín de oro y lanas episcopales del sueño, que se iba alejando por sus ojos, lleno de serpentina y caballeros de Francia; del sueño que huía con su morral de anémonas por los cristales de las claraboyas.

Un gallo cantó y otro cantó y otro y otro.

Los cantos enardecidos y rizados hasta la punta ponían banderillas de lujo en el manso corazón de don Alhambro.

Y se decidió a fundar una revista.

Primero tuvo la momentánea aparición de San Gabriel, arcángel de la propaganda, rodeado de gallos encantadores. Un segundo más tarde surgió ante sus ojos un gallo único que repetía de muchas maneras el nombre de Granada.

"Ya está. El lema será un gallo."

Con este pensamiento, se puso a buscar un gallo vivo para que sirviera de modelo al artista que había de interpretarlo; porque don Alhambro fue siempre de un perfecto naturalismo.

Y ¡qué gran casualidad!

En aquellos días una cruenta epidemia diezmaba los gallos de la ciudad de Granada. Morían a centenares. Se les ponía la cresta color aceituna y el plumaje se les transformaba en una masa casi invisible que les daba un tinté de aves del desierto, de criaturas de ceniza. Daba pena las madrugadas asomarse a las torres. Se veían apagarse lentamente los "quiquiriquís", con la misma liturgia que las velas en el tenebrario durante las tinieblas del Jueves de Pasión. Desde la torre de la Vela se podía ver perfectamente el mapa de agudos y rumores de alas de las agonías de los gallos. Nunca se ha conocido epidemia tan inquietante. Don Alhambro recorría las casas lleno de angustia. Sólo encontraba plumas descoloridas y puertas abiertas. En algunos sitios le decían tristemente: "Ya nos lo hemos comido", y veía flotar en los ojos del que hablaba una cresta diminuta perteneciente ya, por su delicadeza, a la escala de las orquídeas.

Pero a pesar de todo, aunque hubiese habido gallos a millares, la busca y esfuerzo de don Alhambro hubieran sido estériles. Recién llegado a la ciudad el millonario Monsieur Meermans, compraba a excelente precio todos los gallos existentes, porque tenía el sibaritismo de comer grandes platos de crestas crudas con un tenedor cuajado de esmeraldas y sentado en una silla de oro macizo.

Ya no le quedaba a nuestro héroe otro recurso que robar un gallo del jardín de este insigne coleccionista.

Y así lo hizo.

Una noche, cuando el reloj daba con generosidad todas las campanadas que tiene, saltó la verja del parque y se internó por las avenidas.

Los jardines de los Mártires estaban llenos de gallos. Era un paraíso terrenal de Brueghel, donde resaltaba la única gloria de estas aves cantarinas.

Por los cedros, cipreses y rosales asomaban alas de bronce, alas negras, alas empavonadas, vivos puños de bastón o cabezas de pipa. Don Alhambro cogió arrebatadamente un gallo sultán que dormía en una rama y partió lleno de alegría con su tesoro.

Al abandonar el jardín, el animal lanzó su quiquiriquí de medianoche. Húmedo quiriquiquí de hongos y violetas, ahogado en la manga del erudito ladrón.

En aquella época venturosa Granada estaba dividida por dos grandes escuelas de bordado. De una parte, las monjas del Beaterio de Santo Domingo. De otra, la eminente Paquita Raya. Las monjas de Santo Domingo conservaban en una caja de terciopelo las dos agujas matrices de su escuela barroca, las dos agujas con que hicieron maravillas virginales las artistas sor Sacramento del Oro y sor Visitación de la Plata. Era aquella caja como el fuego vestal que inflamaba el corazón almidonado de las novicias. Elixir permanente de hilo y consulta.

Paquita Raya, en cambio, tenía un arte más popular, más vibrante, un arte republicano, lleno de sandías abiertas y de manzanas endurecidas sobre el tejido. Arte de exactas realidades y emoción española. Todas las personas morenas eran partidarias de Paquita. Todas las rubias, castañas y un pequeño núcleo de albinas, partidarias de las monjas. Aunque hay que confesar que las dos escuelas eran maravillosas, porque si las religiosas del Beaterio triunfaban empleando una tonelada de oro en el manto para la Soledad de Osuna, Paquita triunfaba en Bruselas con un bordado representando el Patio de los Leones, en el cual había más de cinco millones y medio de puntadas.

No dudó mucho don Alhambro qué tendencia debía adoptar para realizar su proyecto. Con el sordo hervor de la prisa, se dirigió a la casa de la bordadora y puso su mano escuálida sobre la mano cortada del postigo.

¿Quién es?

Hacía un frío limpio de nubes. La cuesta de Gomeles bajaba llena de heladas agujas de fonógrafo. Era la una de la madrugada. El duelo de los surtidores golpeaba en las praderas del silencio. Chorros cristalinos caían de los tejados y mojaban los cristales de los balcones. Al dolor fisiológico del agua quebrantada por el hilo se unía su tenaz insomnio. Insomnio lleno de pequeños tambores incesantes que ponen loca la noche de la ciudad.

—¿Quién es?

Abrieron la puerta y don Alhambro subió al primer piso. Toda la casa crujía y lloraba el desconocido martirio de la tela acribillada por las agujas.

Paquita Raya salió a recibirlo. Vestía un traje de seda verde con manga de jamón, apretada cintura, enaguas blancas rizadas con tenacillas y un corsé de ballenas de plata que ganó en un concurso de la ciudad de Reus. A sus pies había un montón de madejas y punzones de hueso, en doble símbolo de técnica y gloria.

Ni don Alhambro ni Paquita cambiaron una sola palabra, pero Paquita comprendió perfectamente el asunto y, llena de sugestivo delirio, empezó a bordar con sus agujas favoritas un admirable gallo con realce. Don Alhambro se sentó melancólicamente. El gallo vivo, que tenía fuertemente sujeto por las patas, daba grandes aletazos en el silencio, porque

sentía cómo Paquita le iba quitando el

espíritu, cruelmente, a punta de aguja.

Pasó un mes, y un año, y diez años.
Pasaba el témpano de la Navidad y el arco de cartón del Corpus Christi. No pudo
el melancólico don Alhambro fundar su
periódico. Fue una lástima. Pero en Granada el día no tiene más que una hora
inmensa, y esa hora se emplea en beber
agua, girar sobre el eje del bastón y mirar
el paisaje. No tuvo materialmente tiempo.

La reacción y suma de esfuerzos no
se realiza en esta tierra extraordinaria.

Dos y dos no son nunca cuatro en Granada. Son dos y dos siempre, sin que logren fundirse jamás.

Los últimos días de su vida ya no salía a la calle. Se pasaba las horas muertas ante un plano de la ciudad, soñando verla surgir con acento propio en el mapamundi. Su gallo estaba enfrente de la mesa del despacho, un poco desesperado y con vocación decidida de gallo de veleta.

Y así, en una constante aspiración de disentir de sus paisanos, pero sin expresarlo en letras de molde, llegó al filo del aljibe donde había de probar su última agua sin explicación ni onda.

¡Pero qué largo fue su martirio! Un martirio de largo metraje. Granada se rompía en mil pedazos ante sus ojos un poco anisados por la edad.

Ya en tiempos del alcalde don Adolfo Contreras y Ponce de León había visto quemar en la plaza Nueva a la última ninfa capturada en los bosques de la Colina Roja. Cantaba como una codorniz y tenía los cabellos de cuerdas de guitarra. Durante varios días estuvo el suelo cubierto de violetas, donde se hundían los pies como en los confetis después de haberse acabado el Carnaval.

La misma mañana que se aprobó el proyecto de abrir la Gran Vía, que tanto ha contribuido a deformar el carácter de los actuales granadinos, murió don Alhambro.

Cuatro cirios. *Four candles.*

Nadie en su entierro. Sí. Las golondrinas. *The Swallows.* Una pena.

Después del entierro, el gallo se fue por la ventana y se lanzó al peligro de la calle y a la mala vida. Llegó a pedir limosnita a los ingleses en la Puerta del

Vino y se hizo amigo de dos enanos que tocaban la flauta y vendían toros de dulce. Un verdadero golfo. Luego desapareció.

Cuando mis amigos decidieron fundar esta revista no sabían darle nombre. Yo conocía la historia del gallo de don Alhambro, pero no me atrevía a resucitarla, y he aquí que hace varios días subieron a mi casa todos los redactores contentísimos. Traían un gallo admirable. Era de plumas azul Rolls Royce y gris colonial, con todo el cuello de un delicioso azul Falla que se le acentuaba en el espolón.

—¿De dónde es este gallo?

—¡Soy el gallo de don Alhambro!

—Pues ¡que se vaya!— gritaron todos.

Me he renovado para venir en busca vuestra y poder subir al título que tanto ansío y para el que fui creado.

—A mí, el título que me gusta es El Suspiro del Moro— dije yo.

—Y a mí, Romeo y Julieta— dijo otro.

—Y a mí, Vaso de Agua —repitió una vocecita.

—¡Señores, por Dios! —gritó el gallo—. Yo no pido que tengáis la ideología de don Alhambro; también yo he cambiado de parecer, pero no me rechacéis por mi historia. Eso no lo puedo resistir. Aquí no se puede hacer nada sin contar con la historia. Soy bello. Anuncio la madrugada y como lema seré siempre insustituible.

Hubo una discusión violentísima, en la que el gallo suplicaba de manera tierna.

—Basta, amigos míos —dije enérgicamente—. Bajo mi responsabilidad. ¡Sube al título!

Abrimos el balcón y el gallo ascendió al título con todas sus plumas encendidas. Ya en la caña del título, nos saludó a todos de manera inefable. Manera de agua y jacinto. Poema de quien rompe una guitarra sobre el mar del amanecer. Dalia en el olivo y bosque en mano. Juego y mentira.

Hemos celebrado la ascensión del gallo al título de esta revista haciéndole bordar cuatro gallinas de seda rutilantes, para que su pico guste ardiente fruta de zigzag en la evocadora madrugada oscura de la imprenta. Mientras mis amigos aplaudían, yo escuchaba emocionado la sonrisa de don Alhambro, que me llegaba envuelta en el denso algodón en tronco de la sepultura.

Canta, gallo, *regallo* y *contragallo*.

Canta seguro bajo tu sombrerito de llamas, porque una de tus gallinas puede ser muy bien la gallina de los huevos de oro.

Antonio Cabral Bejarano:
Degollación del Bautista (1835-1836)

Degollación del Bautista

José de Ribera: *Cabeza de san Juan Bautista* (1644)

Bautista: ¡Ay!

Los negros: ¡Ay, ay!

Bautista: ¡Ay, ay!

Los negros: ¡Ay, ay, ay!

Bautista: ¡Ay, ay, ay!

Los negros: ¡Ay, ay, ay, ay!

Al fin vencieron los negros. Pero la gente tenía la convicción de que ganarían los rojos. La recién parida tenía un miedo terrible a la sangre, pero la sangre bailaba lentamente con un oso teñido de cinabrio bajo sus balcones. No era posible la existencia de los paños blancos, ni era posible el agua dulce en los valles. Se hacía intolerable la presencia de la luna y se deseaba el toro abierto, el toro desgarrado con el hacha y las grandes moscas gozadoras.

El escalofrío de los planetas repercutía sobre las yemas de los dedos y en las familias se empezaba a odiar el llanto, el llanto de perdigones que apaga la danza y agrupa las migas de pan.

Las cintas habían destronado a las serpientes y el cuello de la mujer se hacía posible al humo y a la navaja barbera.

Bautista: ¡Ay, ay, ay, ay!

Los negros: ¡Ay, ay, ay!

Bautista: ¡Ay, ay, ay!

Los negros: ¡Ay, ay!

Bautista: ¡Ay, ay!

Los negros: ¡Ay!

Los rojos (apareciendo súbitamente):

¡Ay, ay, ay, ay!

Ganaban los rojos. En cegadores triángulos de fuego. Era preciso algún beso al niño muerto de la cárcel para poder masticar aquella flor abandonada. Salomé tenía más de siete dentaduras postizas y una redoma de veneno. ¡A él, a él! Ya llegaban a la mazmorra.

Tendrá que luchar con la raposa y

con la luna de las tabernas. Tendrá que luchar. Tendrá que luchar.

¿Será posible que las palomas que habían guardado silencio y las siemprevivas golpeen la puerta de manera tan furiosa? Hijo mío. Niño mío de ojos oblicuos, cierra esa puerta sin que nadie pueda sospechar de ti. ¡Ya vienen los hebreos! ¡Ya vienen! Bajo un cielo de paños recogidos y monedas falsas.

Me duelen las palmas de las manos a fuerza de sostener patitas de gorriones. Hijo. ¡Amor! Un hombre puede recorrer las colinas en busca de su pistola y un barbero puede y debe hacer cruces de sangre en los cuellos de sus clientes, pero nosotros no debemos asomarnos a la ventana.

Ganan los rojos. Te lo dije. Las tiendas han arrojado todas las chalinas a la sangre. Se asegura en la Dirección de Policía que el rubor ha subido un mil por mil.

Bautista: Navaja

Los rojos: cuchillo, cuchillo.

Bautista: Navaja, navaja.

Los rojos: cuchillo, cuchillo, cuchillo.

Bautista: Navaja, navaja, navaja.

Los rojos: cuchillo, cuchillo, cuchillo, cuchillo.

Vencieron al fin en el último *goal*.

Bajo un cielo de plantas de pie. La degollación fue horripilante. Pero maravillosamente desarrollada. El cuchillo era prodigioso. Al fin y al cabo, la carne es siempre panza de rana. Hay que ir contra la carne. Hay que levantar fábricas de cuchillos. Para que el horror mueva su bosque intravenoso. El especialista de la degollación es enemigo de las esmeraldas. Siempre te lo había dicho, hijo mío. No conoce el chicle, pero conoce el cuello tiernísimo de la perdiz viva.

El Bautista estaba de rodillas. El degollador era un hombre minúsculo. Pero el cuchillo era un cuchillo. Un cuchillo chispeante, un cuchillo de chispas con los dientes apretados.

El griterío del *Estadium* hizo que las vacas mugieran en todos los establos de Palestina. La cabeza del luchador celeste estaba en medio de la arena. Las jovencitas se teñían las mejillas de rojo y los jóvenes pintaban sus corbatas en el cañón estremecido de la yugular desgarrada.

La cabeza de Bautista: ¡Luz!

Los rojos: Filo.

La cabeza de Bautista: ¡Luz! ¡Luz!

Los rojos: Filo. Filo.

La cabeza de Bautista: Luz, luz, luz.

Los rojos: Filo, filo, filo, filo.

François Rabot:
Degollación de los inocentes (Año Desconocido)

Degollación de los inocentes

El degüello de los inocentes, según un manuscrito
del siglo X

Tris tras. *Zig zag, rig rag, milg malg.*

La piel era tan tierna que salía íntegra.

Niños y nueces recién cuajados.

Los guerreros tenían raíces milenarias y el cielo cabelleras mecidas por el aliento de los anfibios. Era preciso cerrar las puertas. Pepito. Manolito. Enriquito. Eduardito. Jaimito. Emilito.

Cuando se vuelvan locas las madres querrán construir una fábrica de sombreros de pórfido, pero no podrán nunca con esta crueldad atenuar la ternura de sus pechos derramados.

Se arrollaban las alfombras. El aguijón de la abeja hacía posible el manejo de la espada.

Era necesario el crujir de huesos. Y el romper las presas de los ríos. Una jofaina y basta. Pero una jofaina que no se asuste del chorro interminable, que ha de sonar durante tres días.

Subían a las torres y descendían hasta las caracolas. Una luz de clínica venció al fin a la luz untosa del hospital. Ya era posible operar con todas garantías. Yodoformo y violeta, algodón y plata de otro mundo. ¡Vayan entrando! Hay personas que se arrojan desde las torres a los patios y otras desesperadas que se clavan tachuelas en las rodillas. La luz de la mañana era cortante y el viento aceitoso hacía posible la herida menos esperada.

Jorgito. Alvarito. Guillermito. Leopoldito. Julito. Joseíto. Luisito. Inocentes. El acero necesita calores para crear las nebulosas y ¡vamos a la hoja incansable! Es mejor ser medusa y flotar, que ser niño. ¡Alegrísima degollación! Función lógica de la sangre sin luz que sangra sus paredes.

Venían por las calles más alejadas.

Cada perro llevaba un piececito en la boca. El pianista loco recogía uñas rosadas para construir un piano sin emoción y los rebaños balaban con los cuellos partidos.

Es necesario tener doscientos hijos y entregarlos a la degollación. Solamente de esta manera sería posible la autonomía del lirio silvestre.

¡Venid! ¡Venid! Aquí está mi hijo tiernísimo, mi hijo de cuello fácil. En el rellano de la escalera lo degollarás fácilmente.

Dicen que es está inventando la navaja eléctrica para reanimar la operación.

¿Os acordáis del ruiseñor con las dos patitas rotas? Estaba entre los insectos, creadores de los estremecimientos y de las salivillas. Puntas de aguja. Y rayas de araña sobre las constelaciones. Da verdadera risa pensar en lo fría que está el agua. Agua fría por las arenas, cielos fríos y lomos de caimanes. Aquí en las calles corre lo más escondido, lo más gustoso, lo que tiñe los dientes y pone pálidas las uñas. Sangre. Con toda la fuerza de su g.

Si meditamos y somos llenos de piedad verdadera daremos la degollación

como una de las grandes obras de misericordia. Misericordia de la sangre ciega que
quiere, siguiendo la ley de su naturaleza,
desembocar en el mar. No hubo siquiera
ni una voz. El jefe de los hebreos atrave-
só la plaza para calmar a la multitud.

A las seis de la tarde ya no queda-
ban más que seis niños por degollar. Los
relojes de arena seguían sangrando, pero
ya estaban secas todas las heridas.

Toda la sangre estaba ya cristalizada
cuando comenzaron a surgir los faroles.
Nunca será en el mundo otra noche igual.
Noche de vidrios y manecitas heladas.

Los senos se llenaban de leche inútil.

La leche maternal y la luna sostuvie-
ron la batalla contra la sangre triunfado-
ra. Pero la sangre ya se había adueñado
de los mármoles y allí clavaba sus últimas
raíces enloquecidas.

Suicidio en Alejandría

13 y 22

Cuando pusieron la cabeza cortada sobre la mesa del despacho, se rompieron todos los cristales de la ciudad. "Será necesario calmar a esas rosas", dijo la anciana. Pasaba un automóvil y era un 13. Pasaba otro automóvil y era un 22. Pasaba una tienda y era un 13. Pasaba un kilómetro y era un 22. La situación se hizo insostenible. Había necesidad de romper para siempre.

12 y 21

Después de la terrible ceremonia se subieron todos a la última hoja del espino, pero la hormiga era tan grande, tan

grande, que se tuvo que quedar en el suelo con el martillo y el ojo enhebrado.

11 y 20

Luego se fueron en automóvil. Querían suicidarse para dar ejemplo y evitar
que ninguna canoa se pudiera acercar a la
orilla.

10 y 19

Rompían los tabiques y agitaban los
pañuelos. ¡Genoveva! ¡Genoveva! Era de
noche y se hacía precisa la dentadura y el
látigo.

9 y 18

Se suicidaban sin remedio, es decir,
nos suicidábamos. ¡Corazón mío! ¡Amor!
La Tour Eiffel es hermosa y el sombrío
Támesis también. Si vamos a casa de lord
Butown nos darán la cabeza de langosta y
el pequeño círculo de humo. Pero nosotros no iremos a casa de ese chileno.

8 y 17

Ya no tiene remedio. Bésame sin
romperme la corbata. Bésame, bésame.

7 y 16

Yo, un niño, y tú, lo que quiera el mar. Reconozcamos que la mejilla derecha es un mundo sin normas y la astronomía un pedacito de jabón.

6 y 15

Adiós. ¡Socorro! Amor, amor mío. Ya morimos juntos. ¡Ay! Terminad vosotros por caridad este poema.

5 y 14

4 y 13

Al llegar este momento vimos a los amantes abrazarse sobre las olas.

3 y 12

2 y 11

1 y 10

Un golpe de mar violentísimo barrió los muelles y cubiertas de los barcos. Sólo se sentía una voz sorda entre los peces que clamaba.

9

8

7

6

5

4

3

2

1

0

Nunca olvidaremos los veraneantes de la playa de Alejandría aquella emocionante escena de amor que arrancó lágrimas de todos los ojos.

San Lázaro

Santa Lucía y San Lázaro

A las doce de la noche llegué a la ciudad. La escarcha bailaba sobre un pie. "Una muchacha puede ser morena, puede ser rubia, pero no debe ser ciega". Esto decía el dueño del mesón a un hombre seccionado brutalmente por una faja. Los ojos de un mulo que dormitaba en el umbral me amenazaron como dos puños de azabache.

—Quiero la mejor habitación que tenga.

—Hay una.

—Pues vamos.

La habitación tenía un espejo. Yo,

medio peine en el bolsillo. "Me gusta." (Vi mi "Me gusta" en el espejo verde.) El posadero cerró la puerta. Entonces, vuelto de espaldas al helado campillo de azogue, exclamé otra vez: "Me gusta". Abajo, el mulo resoplaba. Quiero decir que abría el girasol de su boca.

No tuve más remedio que meterme en la cama. Y me acosté. Pero tomé la precaución de dejar abiertos los postigos, porque no hay nada más hermoso que ver una estrella sorprendida y fija dentro de un marco. Una. Las demás hay que olvidarlas.

Esta noche tengo un cielo irregular y caprichoso. Las estrellas se agrupan y extienden en los cristales, como las tarjetas y retratos en el esterillo japonés.

Cuando me dormía, el exquisito minué de las buenas noches se iba perdiendo en las calles.

Con el nuevo sol volvía mi traje gris a la plata del aire humedecido. El día de primavera era como una mano desmayada sobre un cojín. En la calle las gentes iban y venían. Pasaron los vendedores de frutas y los que venden peces del mar.

Ni un pájaro.

Mientras sonaban mis anillos en los hierros del balcón busqué la ciudad en el mapa y vi cómo permanecía dormida en el amarillo entre ricas venillas de agua, ¡distante del mar!

En el patio, el posadero y su mujer cantaban un dúo de espino y violeta. Sus voces oscuras, como dos topos huidos, tropezaban con las paredes sin encontrar la cuadrada salida del cielo.

Antes de salir a la calle para dar mi primer paseo los fui a saludar.

—¿Por qué dijo usted anoche que una muchacha puede ser morena o rubia, pero no debe ser ciega?

El posadero y su mujer se miraron de una manera extraña.

Se miraron... equivocándose. Como el niño que se lleva a los ojos la cuchara llena de sopita. Después rompieron a llorar.

Yo no supe qué decir y me fui apresuradamente.

En la puerta leí este letrero. "Posada de Santa Lucía".

Santa Lucía fue una hermosa doncella de Siracusa.

La pintan con dos magníficos ojos de buey en una bandeja.

Sufrió martirio bajo el cónsul Pascasiano, que tenía los bigotes de plata y aullaba como un mastín.

Como todos los santos, planteó y resolvió teoremas deliciosos, ante los que rompen sus cristales los aparatos de Física.

Ella demostró en la plaza pública, ante el asombro del pueblo, que mil hombres y cincuenta pares de bueyes no pueden con la palomilla luminosa del Espíritu Santo. Su cuerpo, su cuerpazo, se puso de plomo comprimido. Nuestro Señor, seguramente, estaba sentado con cetro y corona sobre su cintura.

Santa Lucía fue moza alta, de seno breve y cadera opulenta. Como todas las mujeres bravías, tuvo ojos demasiado grandes, hombrunos, con una desagradable luz oscura. Expiró en un lecho de llamas.

Era el cenit del mercado y la playa del día estaba llena de caracolas y tomates maduros. Ante la milagrosa fachada de la catedral, yo comprendía perfectamente cómo san Ramón Nonnato pudo atravesar el mar desde las Islas Baleares hasta Barcelona montado sobre su capa, y cómo el viejísimo Sol de la China se enfurece y salta como un gallo sobre las torres musicales hechas con carne de dragón.

Las gentes bebían cerveza en los bares y hacían cuentas de multiplicar en las oficinas, mientras los signos + y x de la Banca judía sostenían con la sagrada señal de la Cruz un combate oscuro, lleno por dentro de salitre y cirios apagados. La campana gorda de la catedral vertía sobre la urbe una lluvia de campanillas de cobre que se clavaban en los tranvías entontecidos y en los nerviosos cuellos de los caballos. Había olvidado mi *baedeker* y mis gemelos de campaña y me puse a mirar la ciudad como se mira el mar desde la arena.

Todas las calles estaban llenas de tiendas de óptica. En las fachadas miraban grandes ojos de megaterio, ojos terribles, fuera de la órbita de almendra que da intensidad a los humanos, pero que aspiraban a pasar inadvertida su monstruosidad fingiendo parpadeos de Manueles, Eduarditos y Enriques. Gafas y vidrios ahumados buscaban la inmensa mano cortada de la guantería, poema en el aire, que suena, sangra y borbotea como la cabeza del Bautista.

La alegría de la ciudad se acababa de ir y era como el niño recién suspendido en los exámenes. Había sido alegre, coronada de trinos y marginada de juncos hasta hacía pocas horas, en que la tristeza que afloja los cables de la electricidad y levanta las losas de los pórticos había invadido las calles con su rumor imperceptible de fondo de espejo. Me puse a llorar.

Porque no hay nada más conmovedor que

la tristeza nueva sobre las cosas regocija-

das, todavía poco densas, para evitar que

la alegría se transparente al fondo, llena

de monedas con agujeros.

Tristeza recién llegada de los libri-

llos de papel marca "El Paraguas", "El

Automóvil", y "La Bicicleta"; tristeza del

Blanco y Negro de 1910; tristeza de las

puntillas bordadas en la enagua, y aguda

tristeza de las grandes bocinas del fonó-

grafo.

Los aprendices de óptico limpiaban

cristales de todos tamaños con gamuzas y papeles finos, produciendo un rumor de serpiente que se arrastra.

En la catedral se celebraba la solemne novena a los ojos humanos de Santa Lucía. Se glorificaba el exterior de las cosas, la belleza limpia y oreada de la piel, el encanto de las superficies delgadas, y se pedía auxilio contra las oscuras fisiologías del cuerpo, contra el fuego central y los embudos de la noche, levantando, bajo la cúpula sin pepitas, una lámina de cristal purísimo acribillado en todas direcciones por finos reflectores de oro.

El mundo de la hierba se oponía al mundo del mineral. La uña, contra el corazón. Dios de contorno, transparencia y superficie. Con el miedo al latido y el horror al chorro de sangre, se pedía la tranquilidad de las ágatas y la desnudez sin sombra de la medusa.

Cuando entré en la catedral se cantaba la lamentación de las seis mil *diostrias*, que sonaba y resonaba en las tres bóvedas llenas de jarcias, olas y vaivenes, como tres batallas de Lepanto. Los ojos de la Santa miraban en la bandeja con el dolor frío del animal a quien acaban de darle la puntilla.

Espacio y distancia. Vertical y horizontal. Relación entre tú y yo. ¡Ojos de Santa Lucía! Las venas de las plantas de los pies duermen tendidas en sus lechos rosados, tranquilizadas por las dos pequeñas estrellas que arriba las alumbran. Dejamos nuestros ojos en la superficie, como las flores acuáticas, y nos agazapamos detrás de ellos mientras flota en un mundo oscuro nuestra palpitante fisiología.

Me arrodillé.

Los chantres disparaban escopetazos desde el coro.

Mientras tanto había llegado la noche. Noche cerrada y brutal, como la cabeza de una mula con anteojeras de cuero.

En una de las puertas de salida estaba colgado el esqueleto de un pez antiguo; en otra, el esqueleto de un serafín, mecido suavemente por el aire ovalado de las ópticas, que llegaba fresquísimo de manzana y orilla.

Era necesario comer y pregunté por la posada.

—Se encuentra usted muy lejos de ella. No olvide que la catedral está cerca

de la estación del ferrocarril y esa posada
se halla situada al Sur, más abajo del río.

—Tengo tiempo de sobra.

Cerca estaba la estación del ferrocarril.

Plaza ancha, representativa de la
emoción coja que arrastra la luna men-
guante, se abría al fondo, dura como las
tres de la madrugada.

Poco a poco los cristales de las ópticas se fueron ocultando en sus pequeños
ataúdes de cuero y níquel, en el silencio
que descubría la sutil relación de pez, astro y gafas.

El que ha visto sus gafas solas bajo el claro de luna, o abandonó sus impertinentes en la playa, ha comprendido, como yo, esta delicada armonía (pez, astro, gafas) que se entrechoca sobre un inmenso mantel blanco recién mojado de champagne.

Pude componer perfectamente hasta ocho naturalezas muertas con los ojos de Santa Lucía.

Ojos de Santa Lucía sobre las nubes, en primer término, con un aire del que se acaban de marchar los pájaros.

Ojos de Santa Lucía en el mar, en la esfera del reloj, a los lados del yunque, en el gran tronco recién cortado.

Se pueden relacionar con el desierto, con las grandes superficies intactas, con un pie de mármol, con un termómetro, con un buey.

No se pueden unir con las montañas, ni con la rueca, ni con el sapo, ni con las materias algodonosas. Ojos de Santa Lucía.

Lejos de todo latido y lejos de toda pesadumbre. Permanentes. Inactivos. Sin oscilación ninguna. Viendo cómo huyen todas las cosas envueltas en su difícil temperatura eterna. Merecedores de la bandeja que les da realidad y levantados, como los pechos de Venus, frente al monóculo lleno de ironía que usa el enemigo malo.

Eché a andar nuevamente, impulsado por mis suelas de goma.

Me coronaba un magnífico silencio rodeado de pianos de cola por todas partes. En la oscuridad, dibujado con bombillas eléctricas, se podía leer sin esfuerzo ninguno: Estación de San Lázaro.

San Lázaro nació palidísimo. Despedía olor de oveja mojada. Cuando le daban azotes echaba terroncitos de azúcar por la boca. Percibía los menores ruidos. Una vez confesó a su madre que podía contar en la madrugada, por sus latidos, todos los corazones que había en la aldea.

Tuvo predilección por el silencio de otra órbita que arrastran los peces y se agachaba lleno de terror siempre que pasaba por un arco. Después de resucitar inventó el ataúd, el cirio, las luces de magnesio y las estaciones de ferrocarril. Cuando murió estaba duro y laminado como un pan de plata. Su alma iba detrás, desvirgada ya por el otro mundo, llena de fastidio, con un junco en la mano.

El tren correo había salido a las doce de la noche.

Yo tenía necesidad de partir en el expreso de las dos de la madrugada. Entradas de cementerios y andenes.

El mismo aire, el mismo vacío, los mismos cristales rotos.

Se alejaban los raíles latiendo en su perspectiva de teoremas, muertos y tendidos como el brazo de Cristo en la Cruz.

Caían de los techos en sombra yertas manzanas de miedo.

En la sastrería vecina las tijeras cortaban incesantemente piezas de hilo blanco.

Tela para cubrir desde el pecho agostado de la vieja hasta la cuna del niño recién nacido.

Por el fondo llegaba otro viajero. Un solo viajero.

Vestía un traje blanco de verano con botones de nácar y llevaba puesto un guardapolvo del mismo color. Bajo su jipi recién lavado brillaban sus grandes ojos mortecinos entre su nariz afilada.

Su mano derecha era de duro yeso y llevaba colgado del brazo un cesto de mimbre lleno de huevos de gallina.

No quise dirigirle la palabra.

Parecía preocupado y como esperando que lo llamasen. Se defendía de su aguda palidez con su barba de Oriente, barba que era el luto por su propio tránsito.

Un realísimo esquema mortal ponía en mi corbata iniciales de níquel.

Aquella noche era la noche de fiesta en la cual toda España se agolpa en las barandillas para observar un toro negro que mira al cielo melancólicamente y brama de cuatro en cuatro minutos.

El viajero estaba en el país que le convenía y en la noche a propósito para su afán de perspectivas, aguardando tan sólo el toque del alba para huir en pos de las voces que necesariamente habían de sonar.

La noche española, noche de almagre y clavos de hierro, noche bárbara, con los pechos al aire, sorprendida por un telescopio único, agradaba al viajero enfriado. Gustaba su profundidad increíble donde fracasa la sonda, y se complacía en hundir sus pies en el lecho de cenizas y arena ardiente sobre el que descansaba.

El viajero andaba por el andén con una lógica de pez en el agua o de mosca en el aire; iba y venía, sin observar las largas paralelas tristes de los que esperan el tren.

Le tuve gran lástima porque sabía que estaba pendiente de una voz, y estar pendiente de una voz es como estar sentado en la guillotina de la Revolución francesa.

Tiro en la espalda, telegrama imprevisto, sorpresa. Hasta que el lobo cae en la trampa, no tiene miedo. Se disfruta el silencio y se gusta el latido de las venas.

Pero esperar una sorpresa es convertir un instante, siempre fugaz, en un gran globo morado que permanece y llena toda la noche.

El ruido de un tren se acercaba confuso como una paliza.

Yo cogí mi maleta, mientras el hombre del traje blanco miraba en todas direcciones. Al fin una voz clara, estambre de un altavoz autoritario, clamó al fondo de la estación: "¡Lázaro! ¡Lázaro! ¡Lázaro!" Y el viajero echó a correr dócil, lleno de unción, hasta perderse en los últimos faroles.

En el instante de oír la voz: "¡Lázaro! ¡Lázaro! ¡Lázaro!", se me llenó la boca de mermelada de higuera.

Hace unos momentos que estoy en casa.

Sin sorpresa he hallado mi maletín vacío. Sólo unas gafas y un blanquísimo guardapolvo. Dos temas de viaje. Puros y aislados. Las gafas, sobre la mesa, llevaban al máximo su dibujo concreto y su fijeza extraplana. El guardapolvo se desmayaba en la silla en su siempre última actitud, con una lejanía poco humana ya, lejanía bajo cero de pez ahogado. Las gafas iban hacia un teorema geométrico de demostración exacta, y el guardapolvo se arrojaba a un mar lleno de naufragios y verdes resplandores súbitos. Gafas y guardapolvo. En la mesa y en la silla. Santa Lucía y san Lázaro.

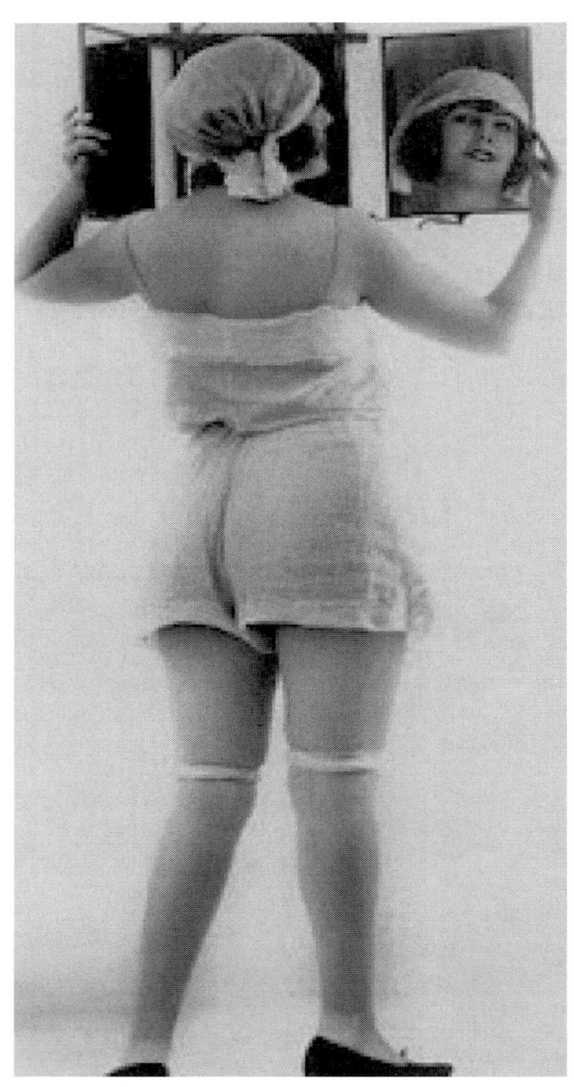

Nadadora sumergida

(Pequeño homenaje a un cronista de salones)

Ramón de Navarrete,
el primer periodista del corazón de España

Yo he amado a dos mujeres que no me querían, y sin embargo no quise degollar a mi perro favorito. ¿No os parece, condesa, mi actitud una de las más puras que se pueden adoptar?

Ahora sé lo que es despedirse para siempre. El abrazo diario tiene brisa de molusco.

Este último abrazo de mi amor fue tan perfecto, que la gente cerró los balcones con sigilo. No me haga usted hablar, condesa. Yo estoy enamorado de una mujer que tiene medio cuerpo en la nieve del Norte. Una mujer amiga de los perros y fundamentalmente enemiga mía.

Nunca pude besarla a gusto. Se apagaba la luz. o ella se disolvía en el frasco de whisky. Yo entonces no era aficionado a la ginebra inglesa. Imagine usted, amiga mía, la calidad de mi dolor.

Una noche, el demonio puso horribles mis zapatos. Eran las tres de la madrugada. yo tenía un bisturí atravesado en mi garganta y ella un largo pañuelo de seda. Miento. Era la cola de un caballo. La cola del invisible caballo que me había de arrastrar. Condesa: hace usted bien en apretarme la mano.

Empezamos a discutir. Yo me hice un arañazo en la frente y ella con gran destreza partió el cristal de su mejilla. Entonces nos abrazamos.

Ya sabe usted lo demás.

La orquesta lejana luchaba de manera dramática con las hormigas volantes.

Madame Barthou hacía irresistible la noche con sus enfermos diamantes del Cairo, y el traje violeta de Olga Montcha acusaba, cada minuto más palpable, su amor por el muerto zar.

Margarita Gross y la españolísima

Lola Cabeza de Vaca llevaban contadas más de mil olas sin ningún resultado.

En la costa francesa empezaban a cantar los asesinos de los marineros y los que roban la sal a los pescadores.

Condesa: aquel último abrazo tuvo tres tiempos y se desarrolló de manera admirable.

Desde entonces dejé la literatura vieja que yo había cultivado con gran éxito.

Es preciso romperlo todo para que los dogmas se purifiquen y las normas tengan nuevo temblor.

Es preciso que el elefante tenga ojos de perdiz y la perdiz pezuñas de unicornio.

Por un abrazo sé yo todas estas cosas y también por este gran amor que me desgarra el chaleco de seda.

—¿No oye usted el vals americano? En Viena hay demasiados helados de turrón y demasiado intelectualismo. El vals americano es perfecto como una Escuela Naval. ¿Quiere usted que demos una vuelta por el baile?

A la mañana siguiente fue encontrada en la playa la condesa de X con un tenedor de ajenjo clavado en la nuca. Su muerte debió de ser instantánea. En la arena se encontró un papelito manchado de sangre que decía: "Puesto que no te puedes convertir en paloma, bien muerta estás".

Los policías suben y bajan las dunas montados en bicicleta.

Se asegura que la bella condesa X era muy aficionada a la natación, y que esta ha sido la causa de su muerte.

De todas maneras podemos afirmar que se ignora el nombre de su maravilloso asesino.

Amantes asesinados por una perdiz

این جنس غالباً بسخن نمی آموزد و دیگر او چه است این مرغ را ابوقلمون می‌گویند

از پر ساده تا دم او چند رنگ مختلف دارد مثل گردن کبوتر پر برق است کانی او
برابر کبک دری باشد غالباً کبک دری سند و تپان است چنانچه کبک دری تپه
کو دمی کود و از ولایات کابل و کوهستان بخارا و از آن بابان پایان تر ورد کوهستان هیچ جای
از آنجا بلندتر نمی شود و عجب جنبری روایت کردند که جوی نخ هستان میشود و در دامنه کوهسار فرود
می آید که پیرانشند که از بالای بلغ الگور که بز و دیگر اصلانی تا آذربیجی کرده با کل الطواس آله بر گشتی او

و دیگر دراج است

Los dos lo han querido —me dijo su madre.

—¿Los dos...? No es posible, señora, —dije yo—. Usted tiene demasiado temperamento y a su edad ya se sabe por qué caen los alfileres del rocío.

—Calle usted, Luciano, calle usted... No, no, Luciano, no.

—Para resistir este nombre, necesito contener el dolor de mis recuerdos. ¿Y usted cree que aquella pequeña dentadura y esa mano de niño que se han dejado olvidada dentro de la ola, me pueden consolar de esta tristeza? Los dos lo han querido,

—me dijo su prima—. Los dos. Me puse a mirar el mar y lo he comprendido todo.

—¿Será posible que del pico de esa paloma cruelísima que tiene corazón de elefante salga la palidez lunar de aquel trasatlántico que se aleja?

—Es que tuve que hacer varias veces uso de mi cuchara para defenderme de los lobos. Yo no tengo culpa ninguna. Usted lo sabe. ¡Dios mío! Estoy llorando.

—Los dos lo han querido—dije yo—. Los dos.

Una manzana será siempre un amante, pero un amante no podrá ser jamás una manzana.

Por eso se han muerto, por eso. Con veinte ríos y un solo invierno desgarrado.

—Fue muy sencillo. Se amaban por encima de todos los museos. Mano derecha, con mano izquierda. Mano izquierda, con mano derecha. Pie derecho con pie derecho. Pie izquierdo con nube. Cabello con planta de pie. Planta de pie con mejilla izquierda. ¡Oh mejilla izquierda! ¡Oh, noroeste de barquitos y hormigas de mercurio! Dame el pañuelo, Genoveva; voy a llorar. Voy a llorar hasta que de mis ojos salga una muchedumbre de siemprevivas.

Se acostaban. No había otro espectáculo
más tierno. ¿Me ha oído usted? ¡Se acostaban! Muslo izquierdo con antebrazo izquierdo. Ojos cerrados con uñas abiertas.
Cintura con nuca y con playa. Y las cuatro
orejitas eran cuatro ángeles en la choza
de la nieve. Se querían. Se amaban. A pesar de la ley de la gravedad. La diferencia
que existe entre una espina de rosa y una
Start es sencillísima. Cuando descubrieron
esto, se fueron al campo. Se amaban.
¡Dios mío! Se amaban ante los ojos de los
químicos. Espalda con tierra, tierra con

anís. Luna con hombro dormido y las cinturas se entrecruzaban una y otra con un rumor de vidrios. Yo vi temblar sus mejillas cuando los profesores de la Universidad le traían miel y vinagre en una esponja diminuta. Muchas veces tenían que apartar a los perros que gemían por las yedras blanquísimas del lecho. Pero ellos se amaban.

Eran un hombre y una mujer, o sea, un hombre y un pedacito de tierra, un elefante y un niño, un niño y un junco. Eran dos mancebos desmayados y una pierna de níquel. ¡Eran los barqueros! Sí. Eran los barqueros del Guadiana que cercaban con sus remos todas las rosas del mundo.

El viejo marino escupió el tabaco de su boca y dio grandes voces para espantar a las gaviotas. Pero ya era demasiado tarde.

Ocurrió. Tenía que ocurrir. Cuando las mujeres enlutadas llegaron a casa del Gobernador, este comía tranquilamente almendras verdes y pescado fresco con exquisito plato de oro. Era preferible no haber hablado con él.

En las islas Azores. Casi no puedo

llorar. Yo puse dos telegramas; pero desgraciadamente, ya era tarde. Sólo sé deciros que los niños que pasaban por la orilla del bosque vieron una perdiz que echaba un hilito de sangre por el pico.

Esta es la causa, querido capitán, de mi extraña melancolía.

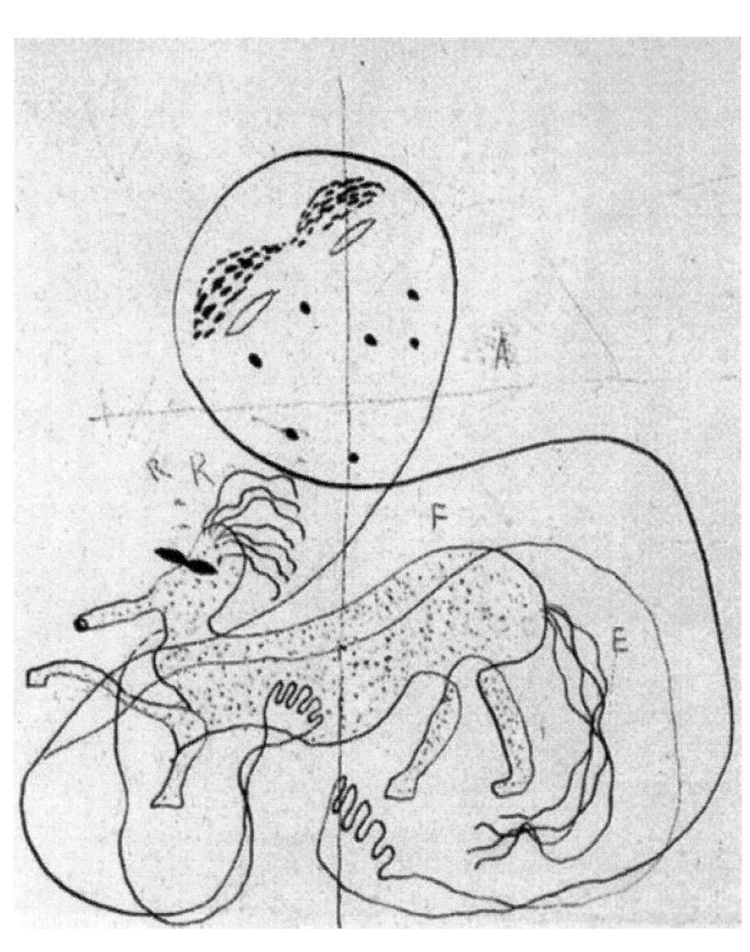
A
R R
F
E

La gallina

Había una gallina que era idiota. He dicho idiota. Pero era más idiota todavía. Le picaba un mosquito y salía corriendo. Le picaba una avispa y salía corriendo. Le picaba un murciélago y salía corriendo.

Todas las gallinas temen a las zorras. Pero esta gallina quería ser devorada por ellas. Y es que la gallina era una idiota. No era una gallina. Era una idiota.

En las noches de invierno la luna de las aldeas da grandes bofetadas a las gallinas. Unas bofetadas que se sienten por las calles. Da mucha risa. Los curas no podrán comprender nunca por qué son estas bofetadas, pero Dios sí. Y las gallinas también.

Será menester que sepáis todos que Dios es un gran monte VIVO. Tiene una piel de moscas y encima una piel de avispas y encima una piel de golondrinas y encima una piel de lagartos y encima una piel de lombrices y encima una piel de hombres y encima una piel de leopardos y todo. ¿Veis todo? Pues todo y además una piel de gallinas. Esto era lo que no sabía nuestra amiga.

Da risa considerar lo simpáticas que son las gallinas! Todas tienen cresta. Todas tienen culo. Todas ponen huevos. ¿Y qué me vais a decir?

La gallina idiota odiaba los huevos. Le gustaban los gallos, es cierto, como les gusta a las manos derechas de las personas esas picaduras de las zarzas o la iniciación del alfilerazo. Pero ella odiaba su propio huevo. Y sin embargo no hay nada más hermoso que un huevo.

Recién sacado de las espigas, todavía caliente, es la perfección de la boca, el párpado y el lóbulo de la oreja. La mejilla caliente de la que acaba de morir. Es el rostro. ¿No lo entendéis? Yo sí. Lo dicen los cuentos japoneses, y algunas mujeres ignorantes también lo saben.

No quiero defender la belleza enjuta del huevo, pero ya que todo el mundo alaba la pulcritud del espejo y la alegría de los que se revuelcan en la hierba, bien está que yo defienda un huevo contra una gallina idiota.

Lo voy a decir: una gallina amiga de los hombres.

Una noche, la luna estaba repartiendo bofetadas a las gallinas. El mar y los tejados y las carboneras tenían la misma luz. Una luz donde el abejorro hubiera recibido las flechas de todo el mundo. Nadie dormía. Las gallinas no podían más. Tenían las crestas llenas de escarcha y los piojitos tocaban sus campanillitas eléctricas por el hueco de las bofetadas.

Un gallo se decidió al fin.

La gallina idiota se defendía.

El gallo bailó tres veces pero los gallos no saben enhebrar bien las agujas.

Tocaron las campanas de las torres porque tenían que tocar, y los cauces y los corredores y los que juegan al gol se pusieron tres veces morados y tintineantes. Empezó la lucha.

Gallo listo. Gallina idiota. Gallina lista. Gallo idiota. Listos los dos. Los dos idiotas. Gallo listo. Gallina idiota.

Luchaban. Luchaban. Luchaban. Así toda la noche. Y diez. Y veinte. Y un año. Y diez. Y siempre.

(1934)

Dibujos de Federico García Lorca

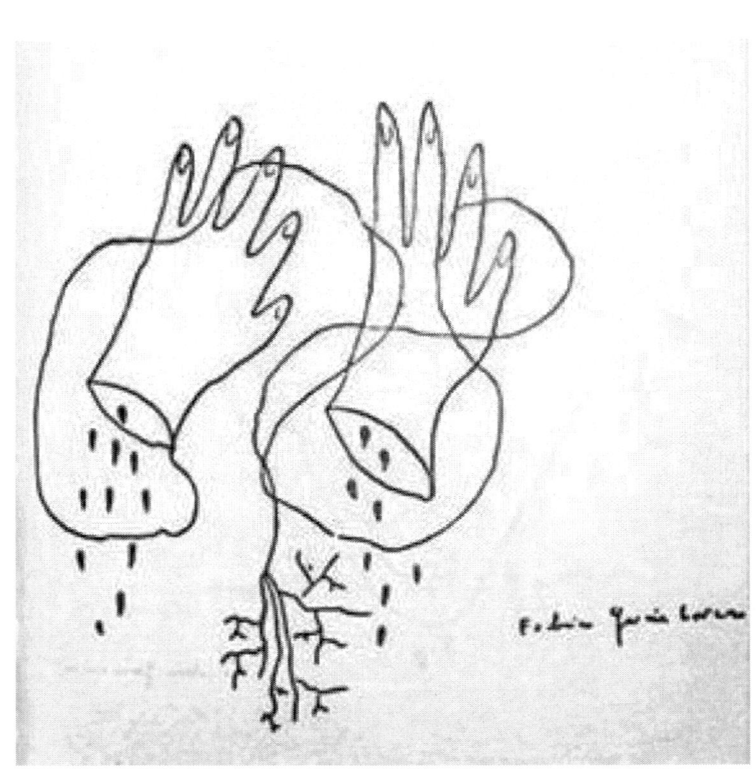

Federico García Lorca

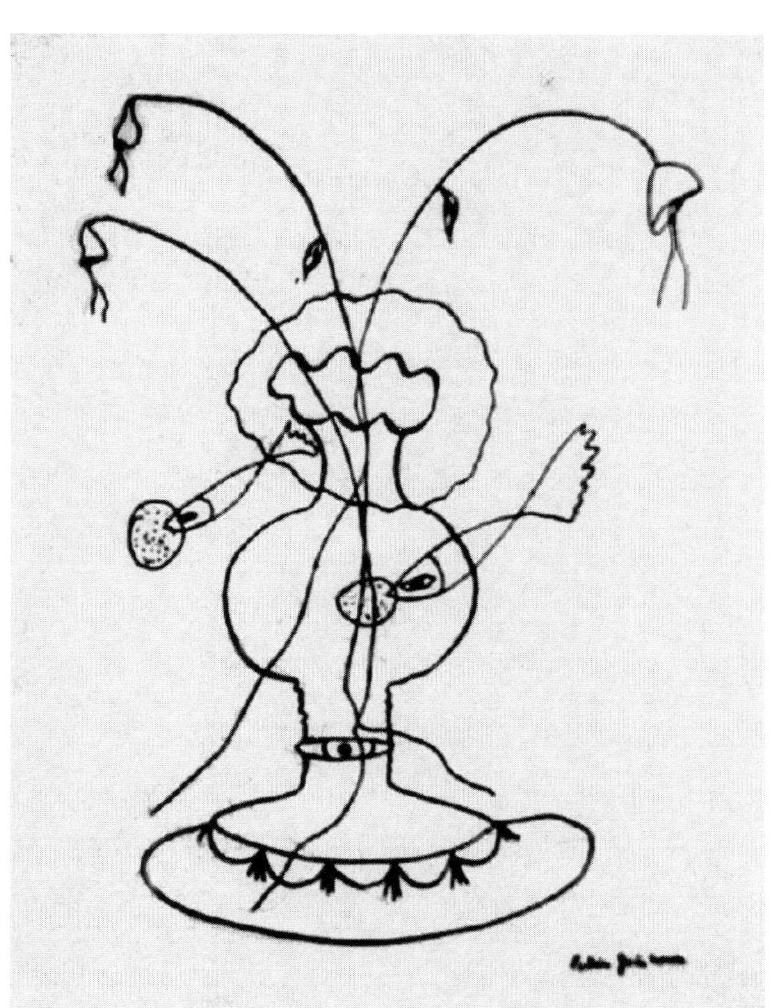

Federico García Lorca

HOMBRE
vino

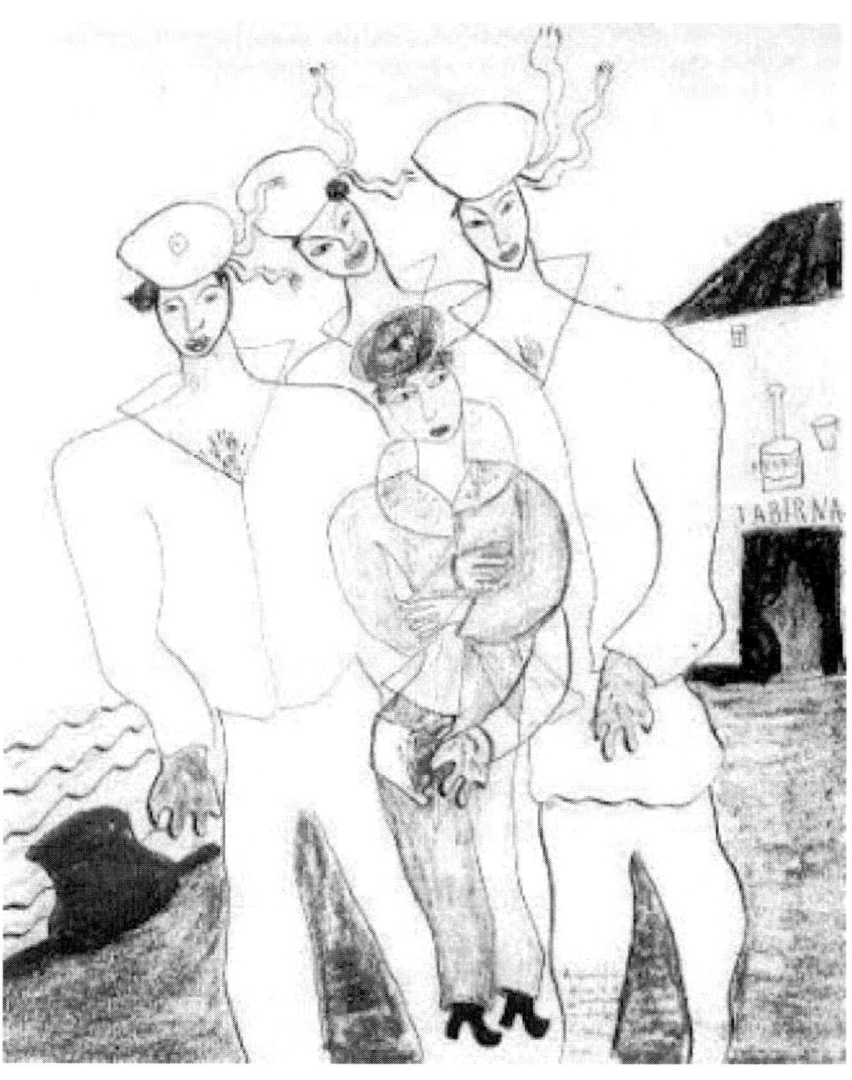

TABIRNA

MORENO
BiERE
VINOS

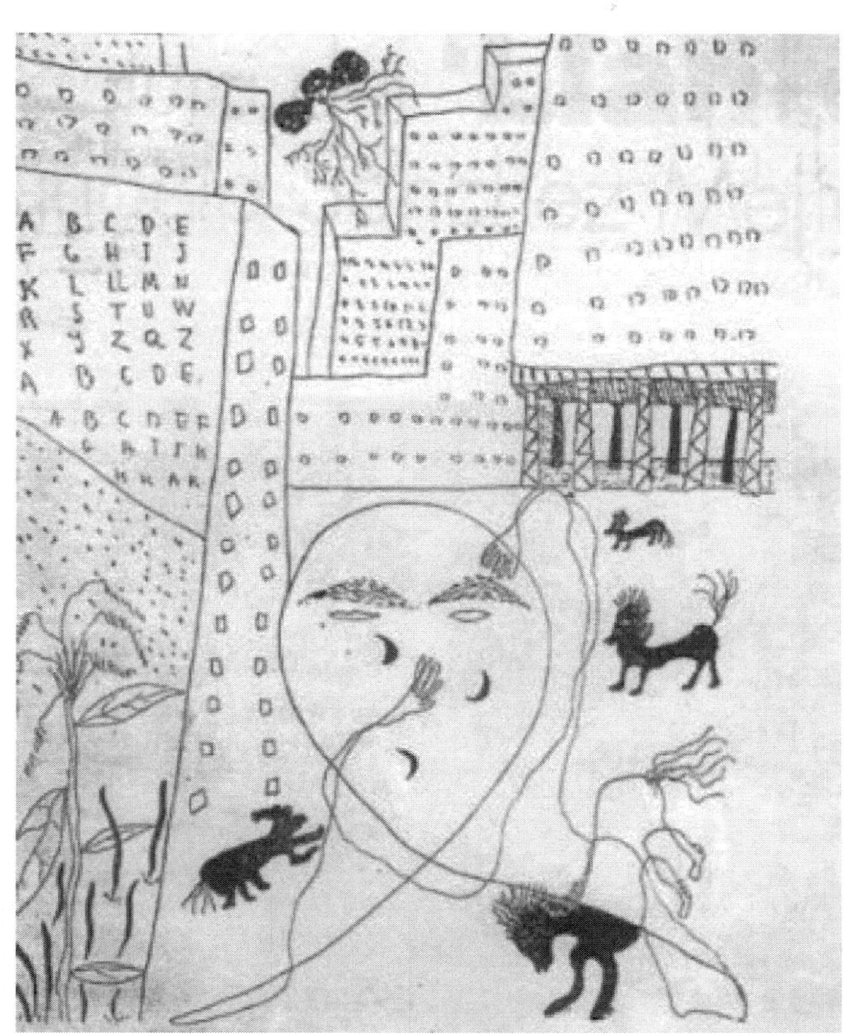

Federico García Lorca. 1925
Para Hermenegildo.
con un abrazo de camaradería.

Julio 1925

Para
Antonio
de
Gуель.

Federico
García

Lorca

1924.
1924.

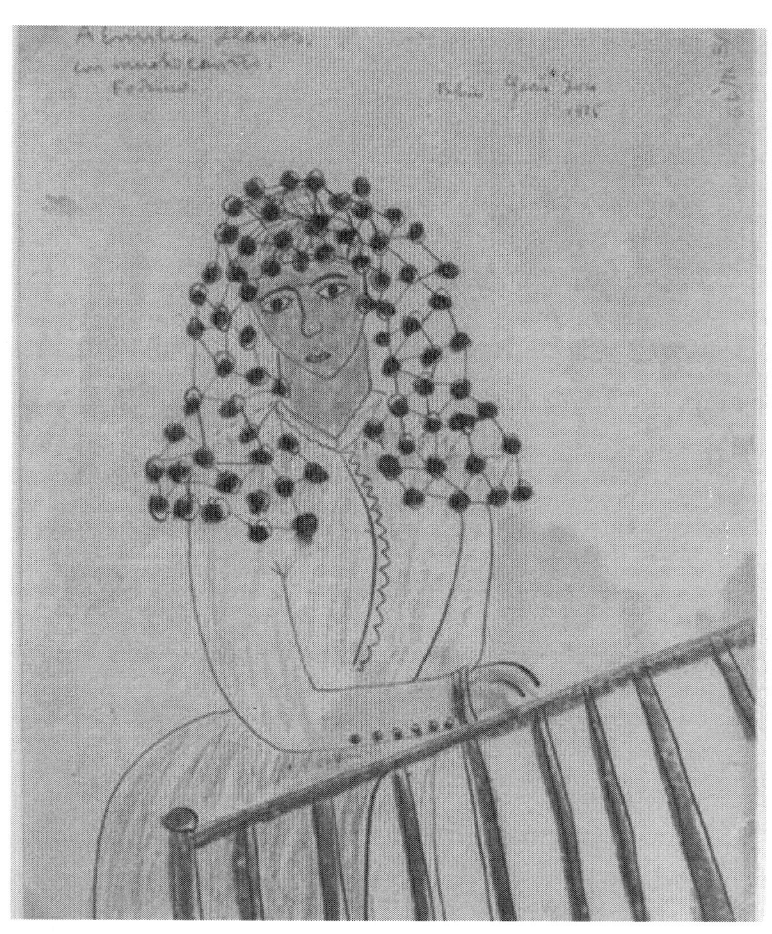

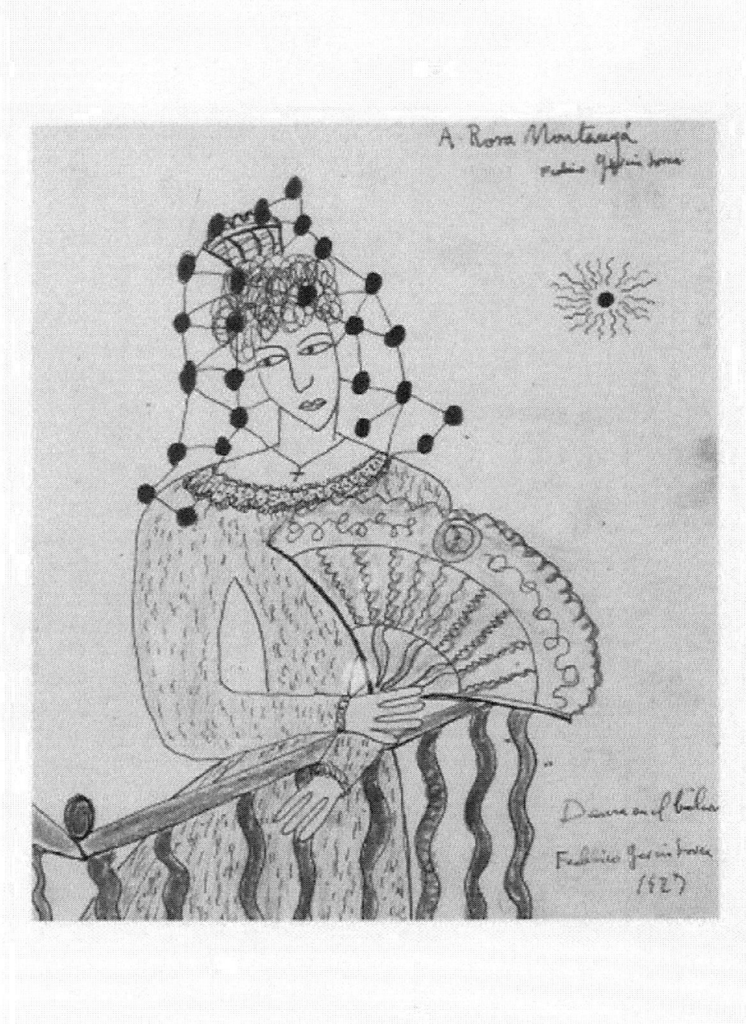

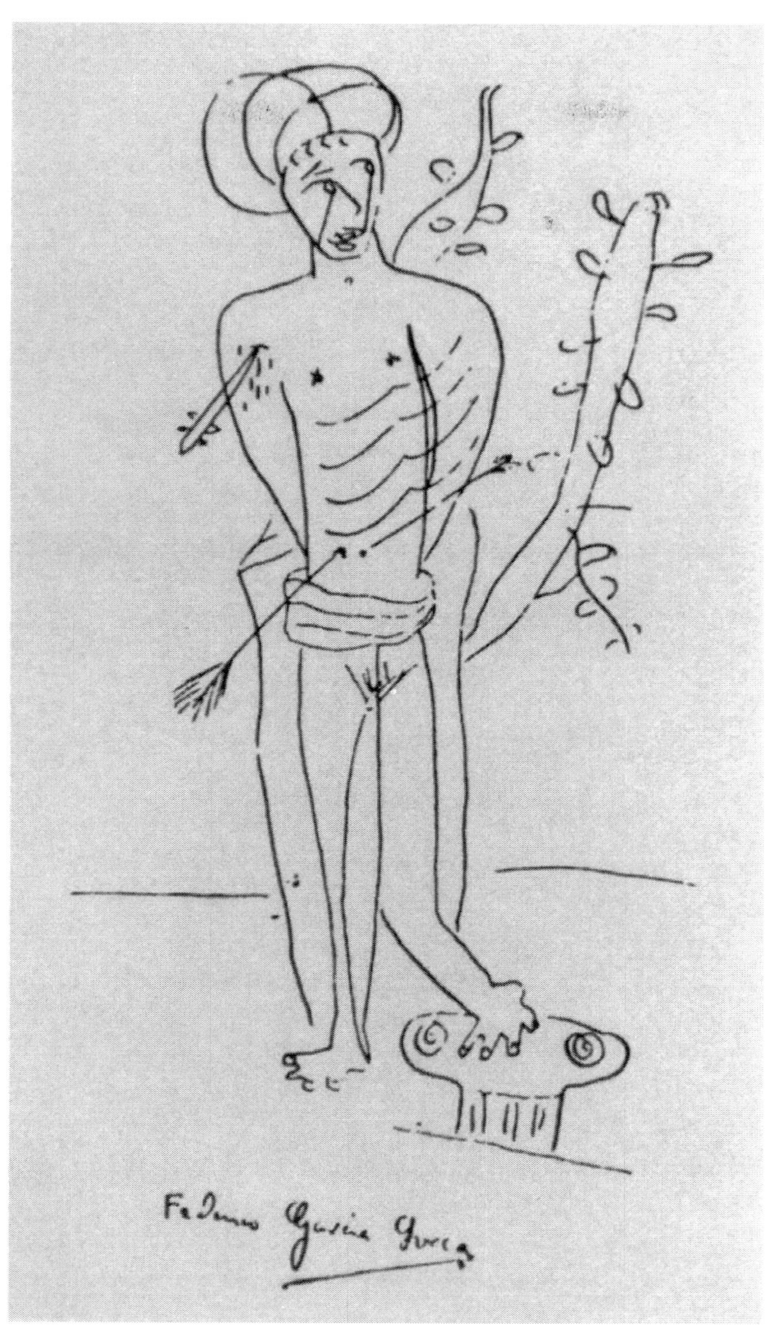

Federico García Lorca

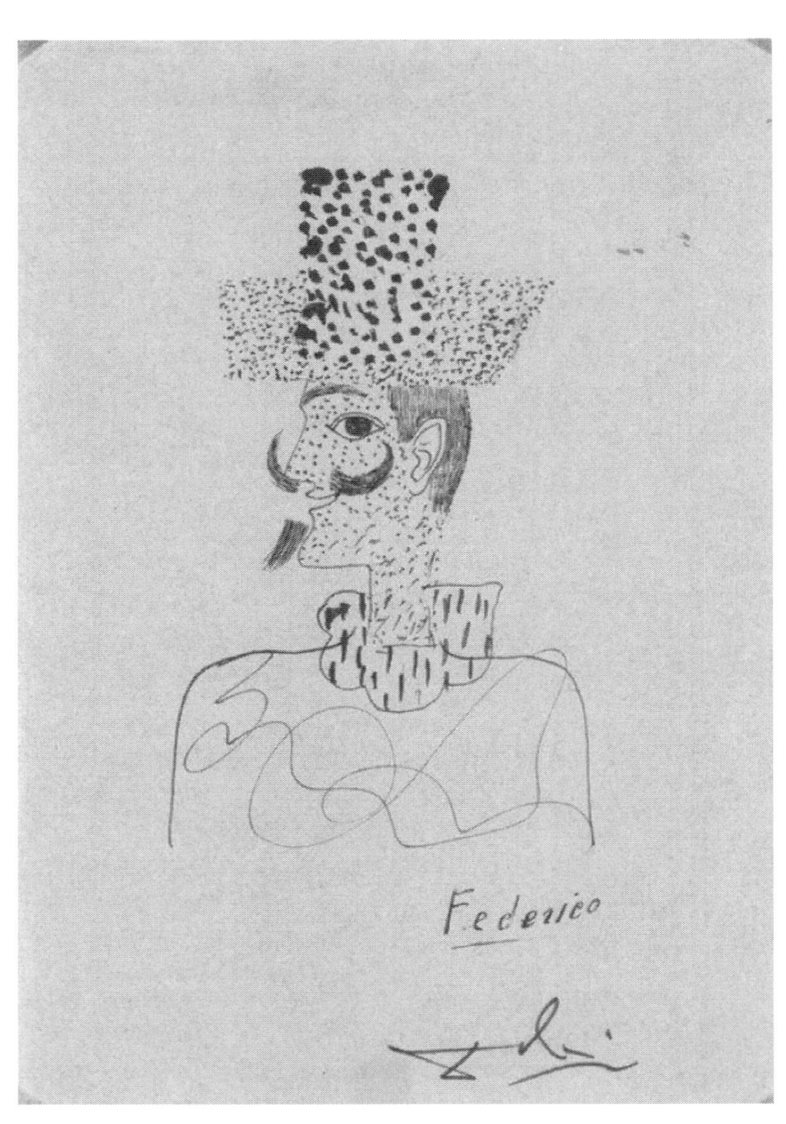

Federico

Federico García Lorca

BLEU AZUL VERDE NEGRO
RETRATO DE
DALÍ

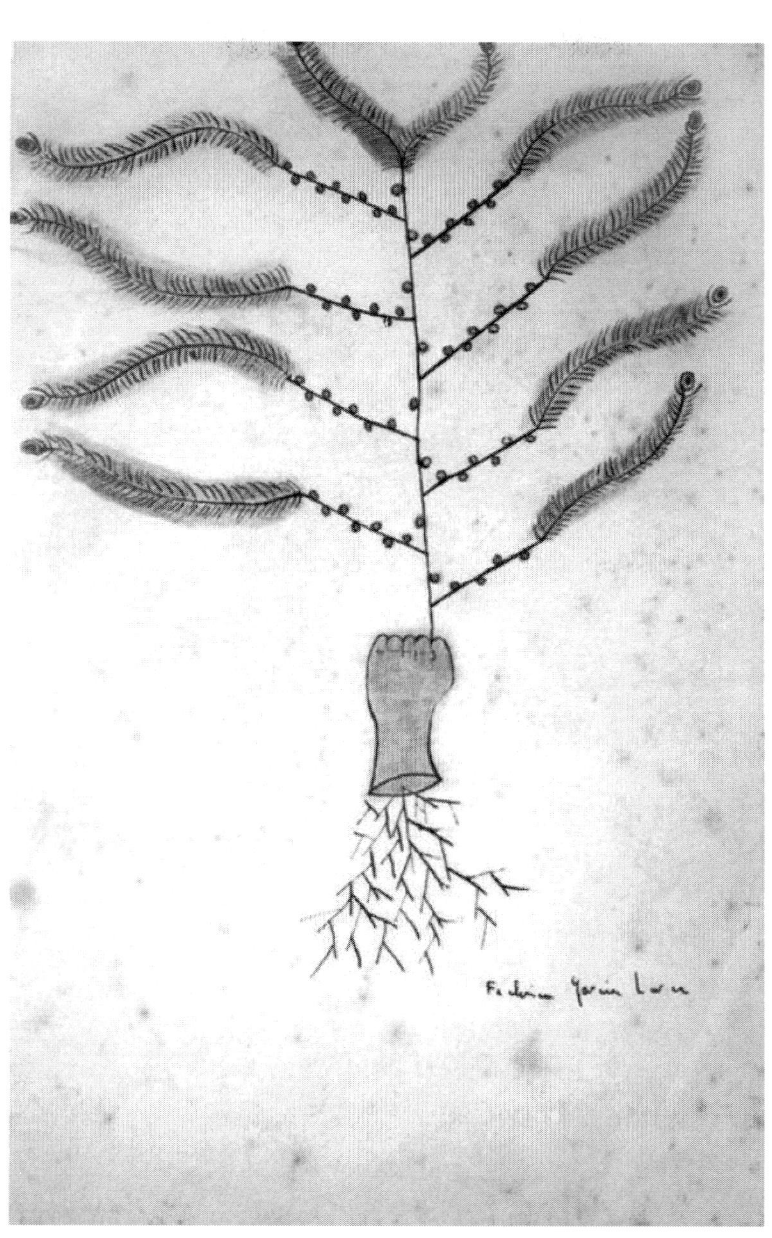

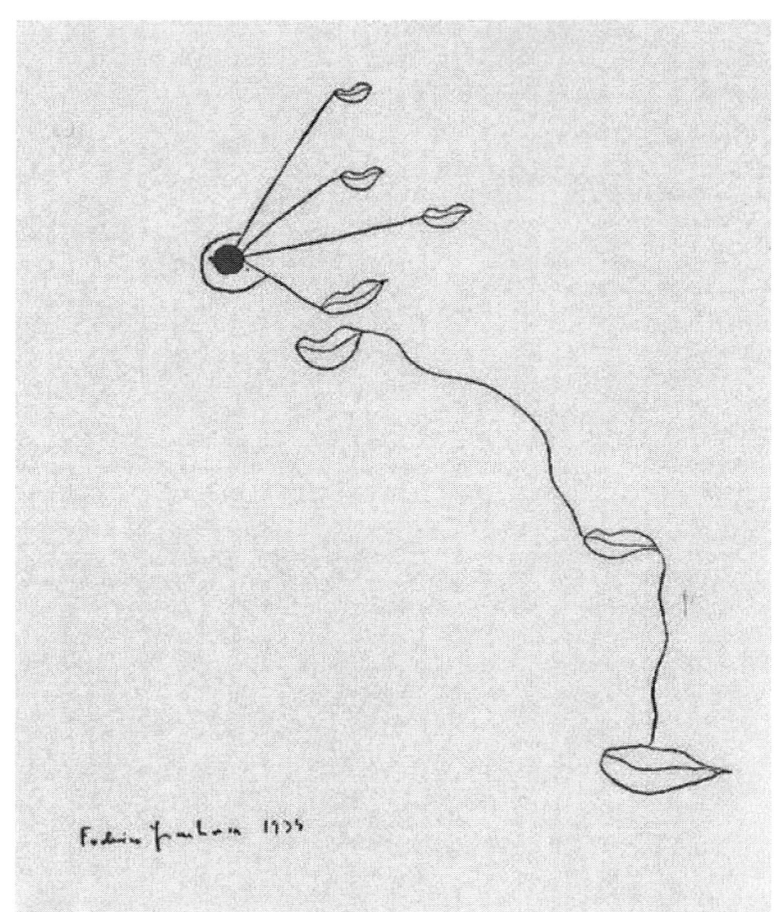

Federico Martinon 1936

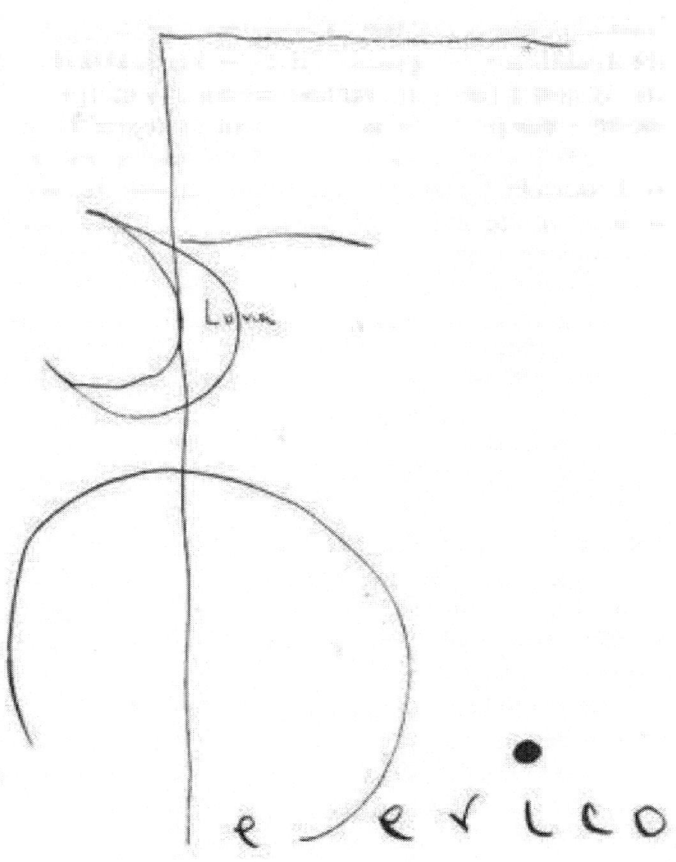
Luna
Federico

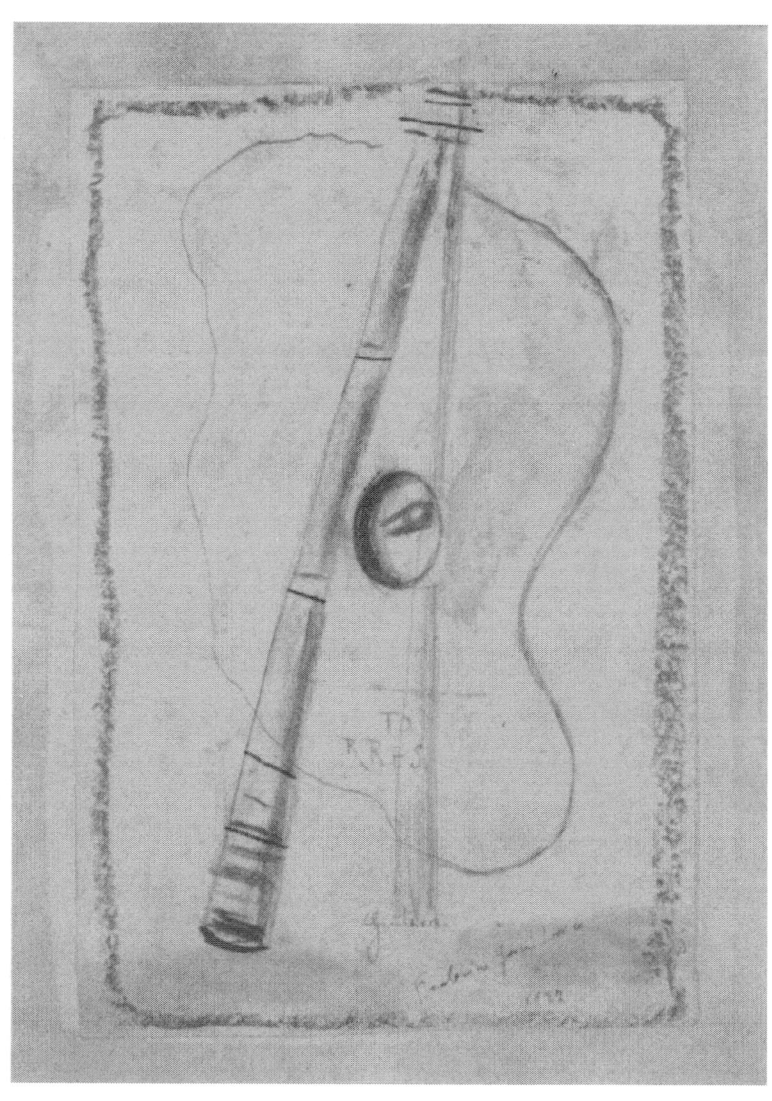

Libros Mablaz   Ciencia Ficcion y Fantasía
http://librosmablaz.com/
Libros Mablaz CLÁSICOS de Ciencia Ficción recuperados
LM
CLÁSICOS
http://librosmablaz.com/

Libros Mablaz

Narrativa — Relatos

/www.librosmablaz.com/